내가 나를
토닥토닥

내가 나를 토닥토닥

2022년 2월 20일 초판 1쇄 인쇄
2022년 2월 25일 초판 1쇄 발행

지은이 | 이다.
펴낸이 | 김태화
펴낸곳 | 파라북스
기획 · 편집 | 전지영
디자인 | 김현제

등록번호 | 제313－2004－000003호
등록일자 | 2004년 1월 7일
주소 | 서울특별시 마포구 와우산로 29가길 83 (서교동)
전화 | 02) 322－5353　팩스 | 070) 4103－5353

ISBN 979－11－88509－52－2 (03810)

* 값은 표지 뒷면에 있습니다.

내가 나를 토닥토닥

이다. 시집

파라북스

쉬운 시를 쓰고 싶었다.
비유나 상징이 너무 멀리 가지 않도록 조심했다. 너무 조심스러웠는지 시가 좀 평이해지기도 했지만 무엇을 썼는지, 무엇을 의미하는지, 무엇을 나타내는지 알 수 없는 난해한 시는 되지 않은 것 같다.

짧은 시를 쓰고 싶었다.
압축미, 절제미, 여운 등을 잘 살리기 위해 고심했다. 시조(時調)의 종장만 빌려 형태를 달리해 쓰기도 하고, '이게 시인가'라고 생각할 정도로 짧은 작품을 쓰기도 했다. '마디시'라고 이름을 짓고 쓴 정형시가 그것이다. '이 꽃길을'이나 '그 강가에도'처럼 한마디만으로도 시가 될 수 있도록 시도해 보았다.

다른 시를 쓰고 싶었다.
익숙한 것 같지만 낯선 시, 시가 아닌 것 같은 시. 내용뿐
아니라 형식도 그렇게 하고 싶었다. 내 시를 붓글씨로
쓰고 붓글씨로 쓴 작품과 연관해서 또 다른 시를 썼다.
시 한 편이 두 편이 되기도 하고 세 편이 되기도 했다.

그렇게 쓴 시를 SNS에 올리며 사람들과 함께했다. 그
것만으로도 충분할 수 있었지만 그래도 책으로 내야 한
다는 사람들이 있어서 시집을 엮는다.

2022년 2월
봄을 기다리며 / 이다.

차례

 하나. 봄 그리고

둘. 여름 그리고

셋. 가을 그리고

넷. 겨울 그리고

하나.

 그리고

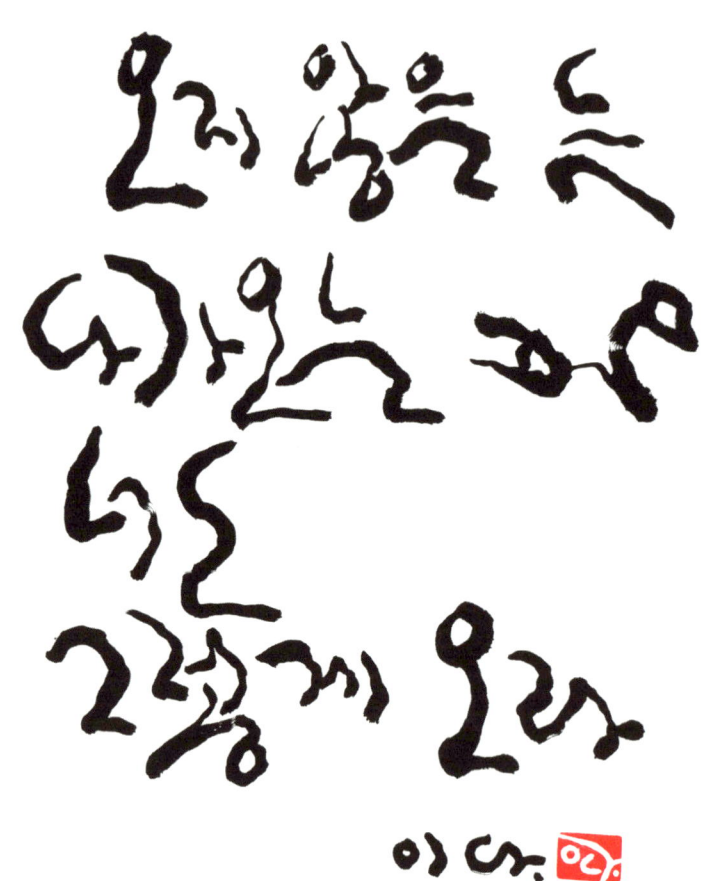

오세 젊음은 느

네가 참 날

내 늙은

길옆에 오랴

이 돌.

손바닥을 가만 귀에 대보면
삶의 소리가 들린다
다른 이는 듣지 못하는
이 세상에서 가장 큰 소리
내 삶이
한 발씩 걸어가는 소리
이쁜 봄이 오는 것 같은

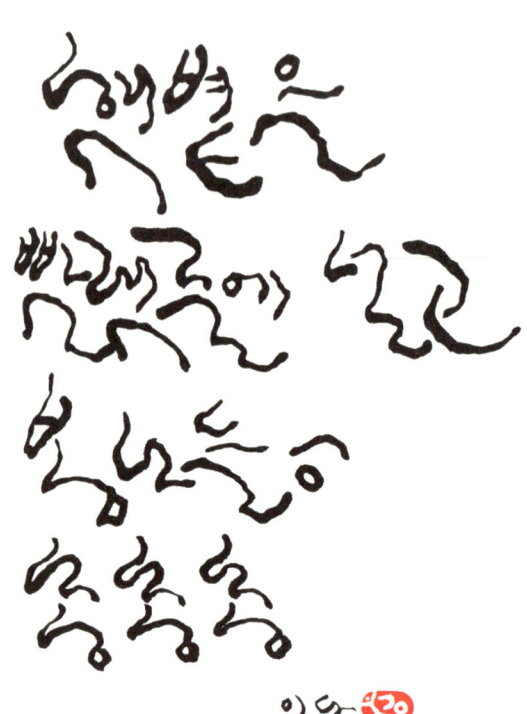

친구와 함께 가도 좋고

강아지와 같이 가도 좋고

혼자서 가도 외롭지 않겠다

살구꽃을 바라보다 얼굴이 붉어져도 좋고

새소리에 가만가만 어깨를 들썩여도 좋고

누군가 그리우면 휘파람을 불어도 좋겠다

햇볕이 참 좋은 봄날에는

창문에 달라붙은 겨울을 닦는다고
오는 것은 아니야, 봄이
마음에 얼룩진 눈물 자국을 닦아야
비로소 오는 것이야, 봄은
잊는 것이 아니라
지워버리는 것이 아니라
반짝반짝 빛나도록 닦는 거야
내가 흘린 내 눈물이니까

18

아카시아꽃 향기가
떼구루루
뒷동산을 내려오고
아이들의 거친 숨소리가 가득한 골목에
축구공 하나 툭 튀어 올라
점점 붉어진다
아이들을 부르는 엄마의 목소리
듣고 있다, 저녁노을이

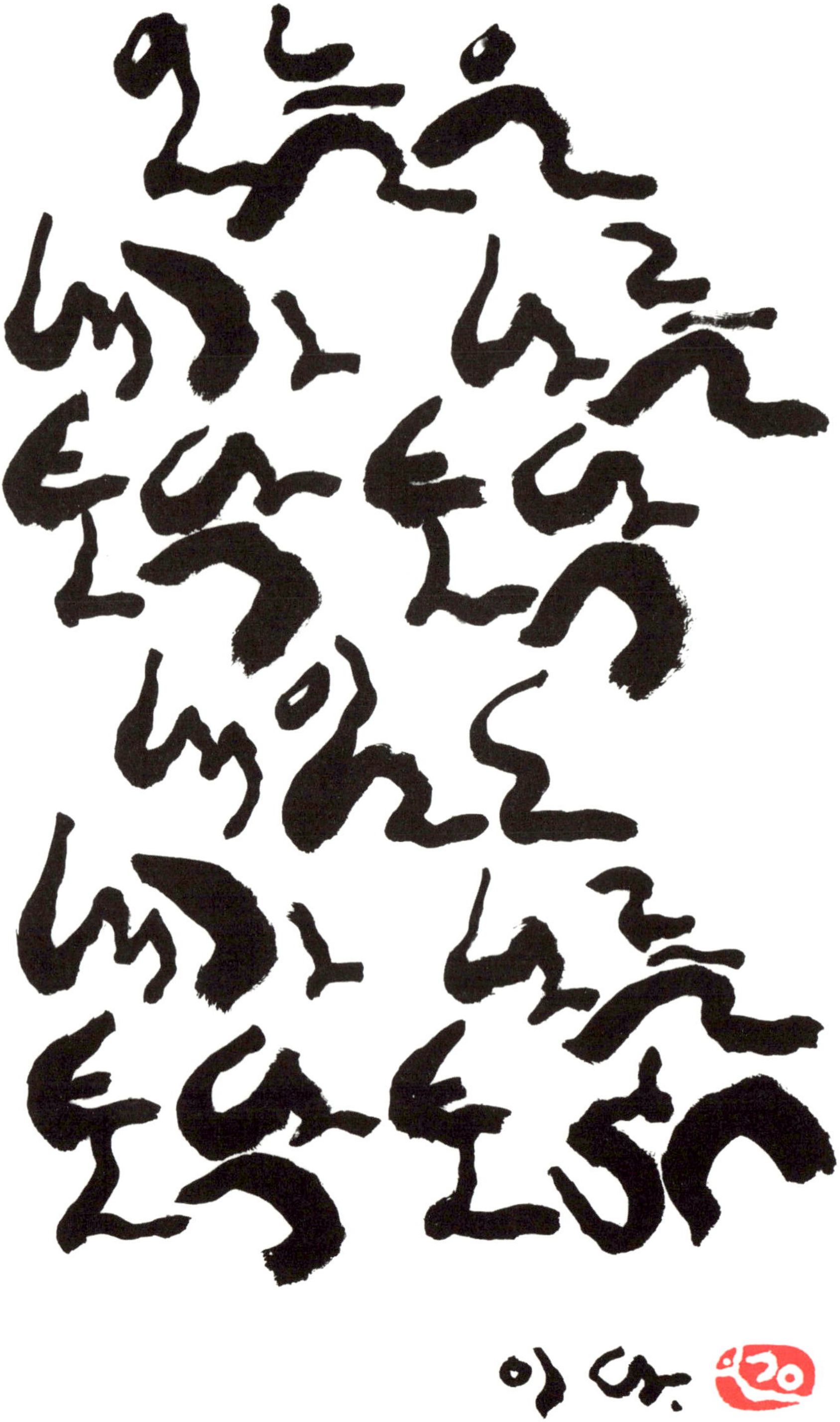

오늘은
내가 나를
토닥토닥
내일도
내가 나를
토닥토닥

돈을 못 벌어서 그러는 게 아니라

지질히도 못나서 그러는 게 아니라

나니까 그러는 거야, 토닥토닥

희망이 보이지 않아서 그러는 게 아니라

힘든 척해서 그러는 게 아니라

살아가려고 그러는 거야, 토닥토닥

어머니에게도 꽃 같은 시절이 있었을까
한 번도 생각하지 않았기에
어머니의 주름살은 당연한 것으로만 알았다
기다렸으리라, 어머니도 당신의 봄을

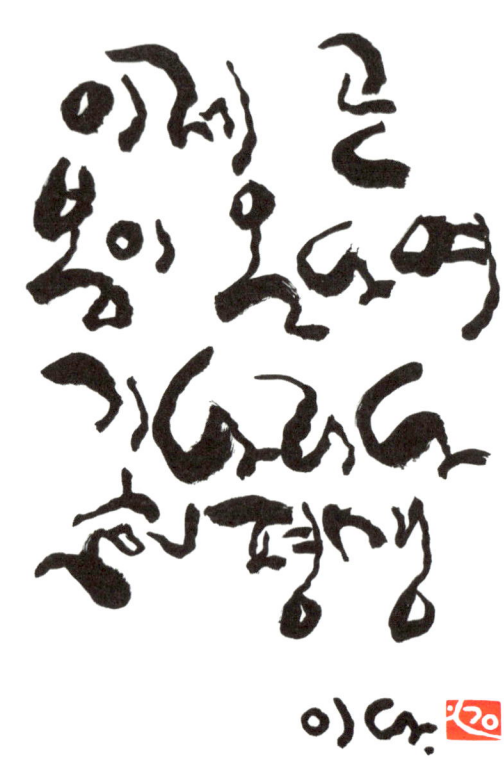

또르르 굴러가는 바람을
꽃잎이 날아와 톡 건드리네
돌멩이에 앉아 있던 꽃향기가
깜짝 놀라 사방으로 흩어지고
아이가 코를 만지며 까르르 웃네
눈가에 꽃물이 든 엄마도 웃고
덩달아 웃네, 아빠도

나뭇가지 흔들어 대더니
땅바닥을 두드려 대더니
너무 시끄러워서 눈이 내리고
가끔씩 강추위도 찾아오더니
봄을 깨우느라 그랬구나

밭이랑에 엎드려 있던 보리싹이
고개를 들고 두리번거리는 이유
어미 소를 따라 둑길을 걸어가던 송아지가
발걸음을 멈추고 음메 음메 우는 이유
나물 캐던 할머니가 허리를 두드리며 일어나
먼 산을 바라보는 이유

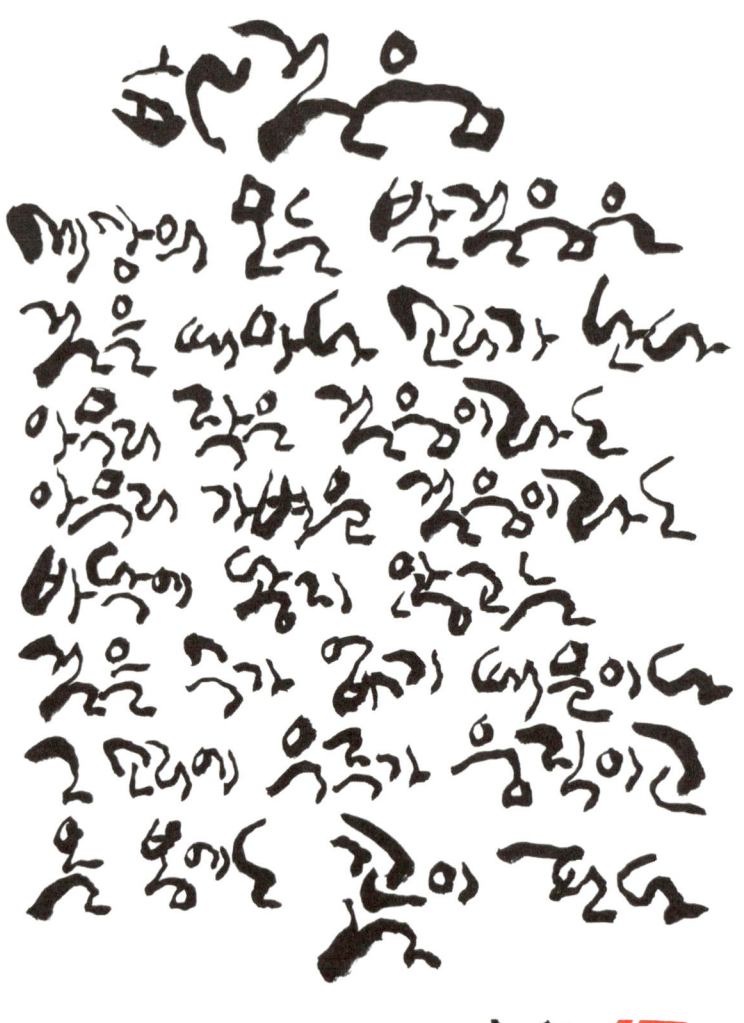

넝쿨째

어머니는
봄이 왜 오기는 집에
봄은 그새 봄을 끓이고
빨강 위에 봄은 차려놨나
어디쯤 봄이 비껴 흘러앉아
길을 출렁이며 봄을 마셨다

이낭

낮잠을 자는 강아지 털 위에 내려앉은
저 빛이

장기를 두고 있는 할아버지 모자 위에 서 있는
저 빛이

나뭇잎에 매달려 흔들거리는
저 빛이

자전거 바퀴에 달라붙어 돌고 있는
저 빛이

희망이 되기를 기쁨이 되기를

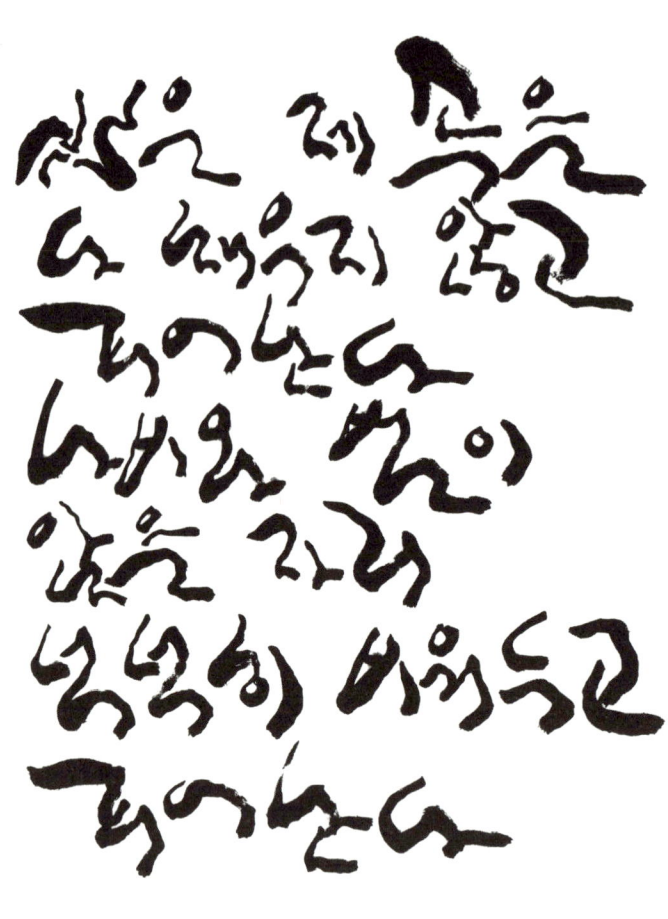

꽃은 제 속을
다 채우지 않고
피어난다
나비와 벌이
앉을 자리
넉넉히 비워두고
피어난다

누군가 다가오면
넉넉히 내어 줄 자리
있을까, 내 마음엔

그런 날이 올 거라고, 살다 보면
몸도 마음도 따뜻한 날이 올 거라고
그 소리, 눈이 녹는 그 소리가
땅속으로 스며들어 새싹을 밀어 올리듯이
그래서 봄이 오듯이
내게도 그런 날이 올 거라고, 살다 보면

이 새싹은

철쭉꽃이 피기 시작하면

한 걸음씩 걸음마를 배우겠지

사랑을 찾는 매미도 만나고

얼굴이 붉어진 단풍도 만나고

세상을 향해 소리도 지르겠지

나도 있다고 우리도 있다고

꽃보다 고운 그대

꽃이 들으면
어이없어할지도 모르지만

세월이 들으면
웃을지도 모르지만

꽃보다 고울 그대

그런 사람 있지요
인연인 줄 알았는데
운명인 사람

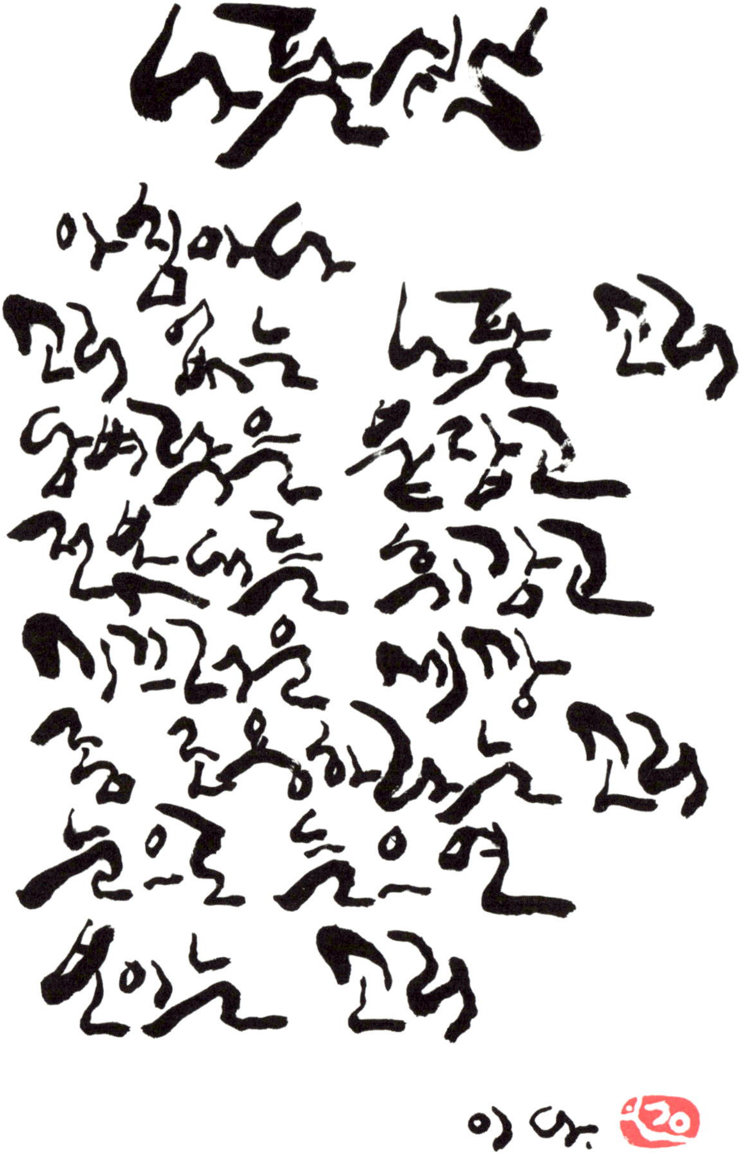

빗소리 천둥소리 담아두고
새소리 물소리 끌어안고
볼이 터질 듯
입술이 찢어질 듯
밤새 기다렸나 보다
아침에게 들려주려고
소리 없는 저 나팔 소리

40

꽃

지고 나서야 알았다
네가 그 자리에 있었다는 것을

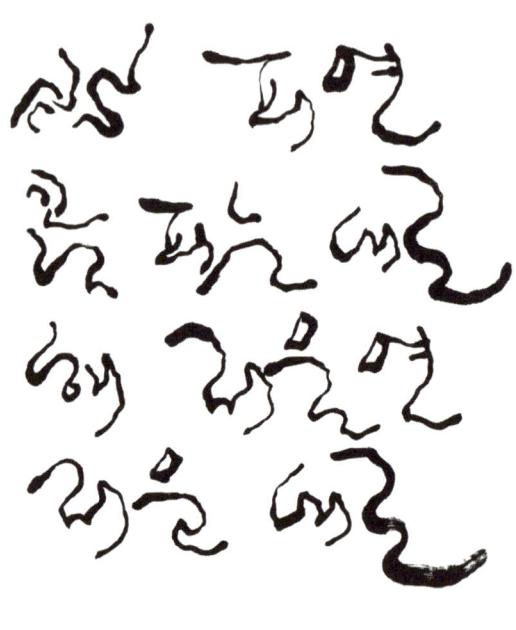

밤을 새우며 기다렸어요
해가 빨리 떠오르라고

물을 주고 또 주었어요
나무가 빨리 자라라고

시곗바늘을 자꾸자꾸 돌렸어요
시간이 빨리 지나가라고

그래서 까치가 울었나 봐요
아니 웃었나 봐요
깍깍깍 깔깔깔

둘.

 그리고

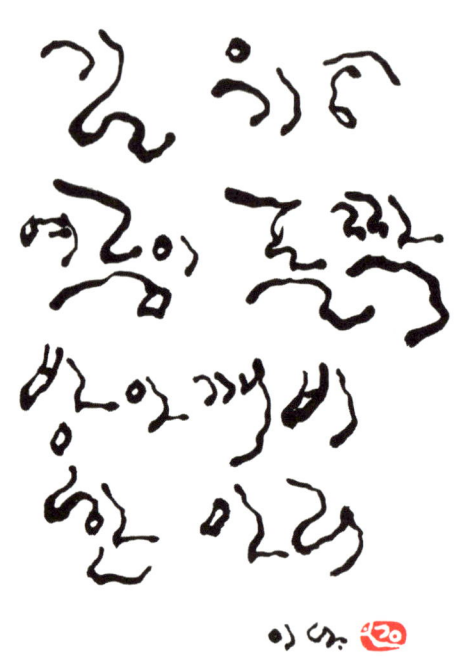

뭐 하고 있어?

내 다리 멋있지?

이 뜨거운 햇볕 아래서 지금
다리 자랑하고 있는 거야?

내 다리보다 더 멋있는 다리를 가진 곤충은 없을 거야

그렇게 자랑질하다 사람한테 붙잡히면
방아나 찧다가 다리가 부러지고 말테니까

조심해, 언제나 사람을

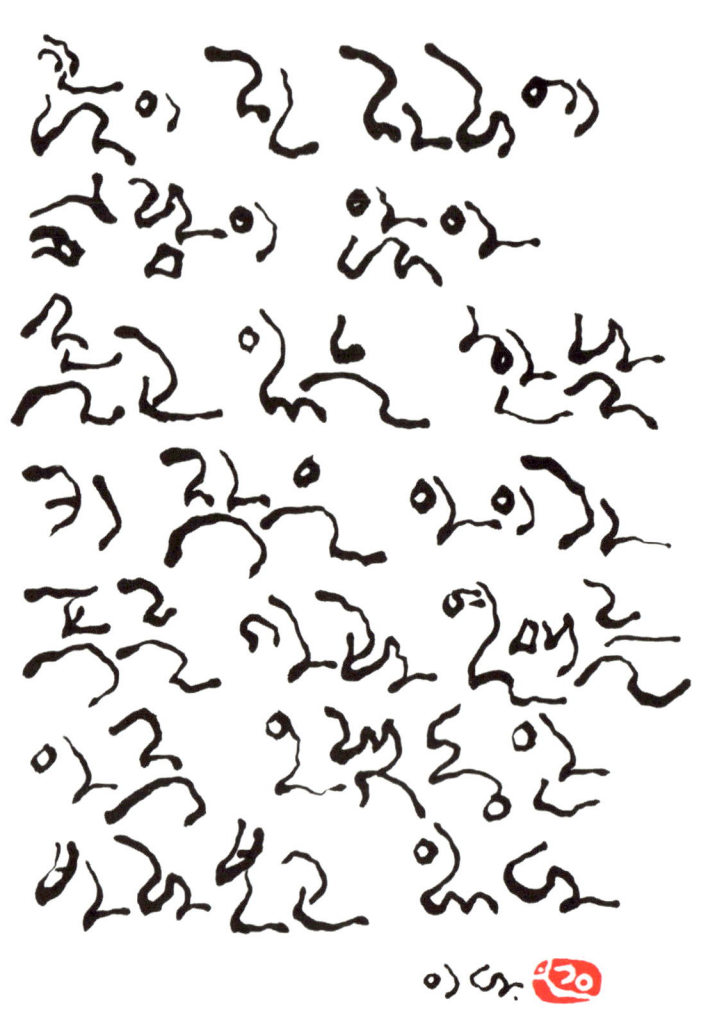

사과꽃을 좋아하던 소녀는
서울로 가고
돌아올 줄 알았는데
다시 만날 줄 알았는데
사과꽃은 피고 지고
또 피고 지고

나무

기다릴 줄도 알아야 된다고
꽃이 피고 매미가 울고
단풍이 들고 눈이 쌓이고
몇 십 년 아니 몇 백 년이라도
그대를 만날 수 있을 때까지

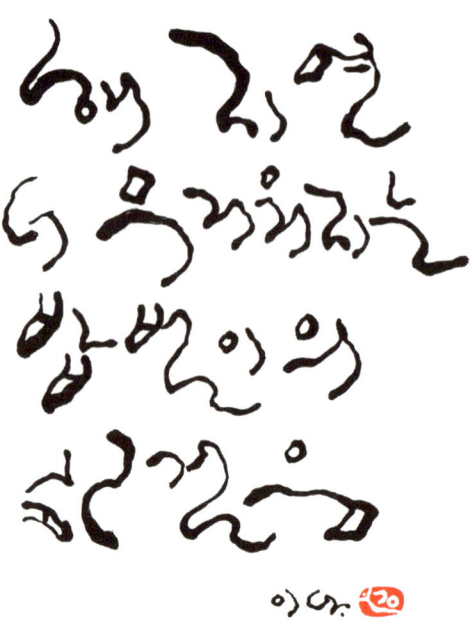

그래서 아버지의 구두 뒤축은
그렇게 빨리 닳았나 보다
그래서 아버지는 집으로 돌아오는 길에
맨바닥에 주저앉기도 하고
전봇대에 기대어 잠이 들기도 했나 보다
수박 한 덩이 꼬옥 끌어안은 채

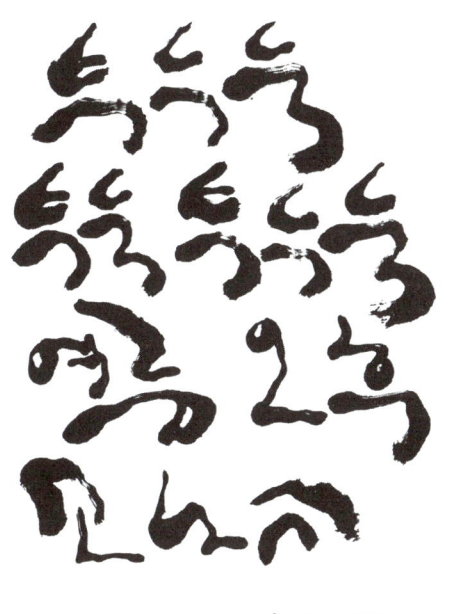

마당에 널어둔 빨래가 흠뻑 젖고
활짝 열어둔 창문으로 빗물이 들이치고
뚜껑 열어놓은 장독에는 빗물이 고이고
집에는 아무도 없고 당장 돌아갈 수도 없고
그런 날 있더라, 살다 보면

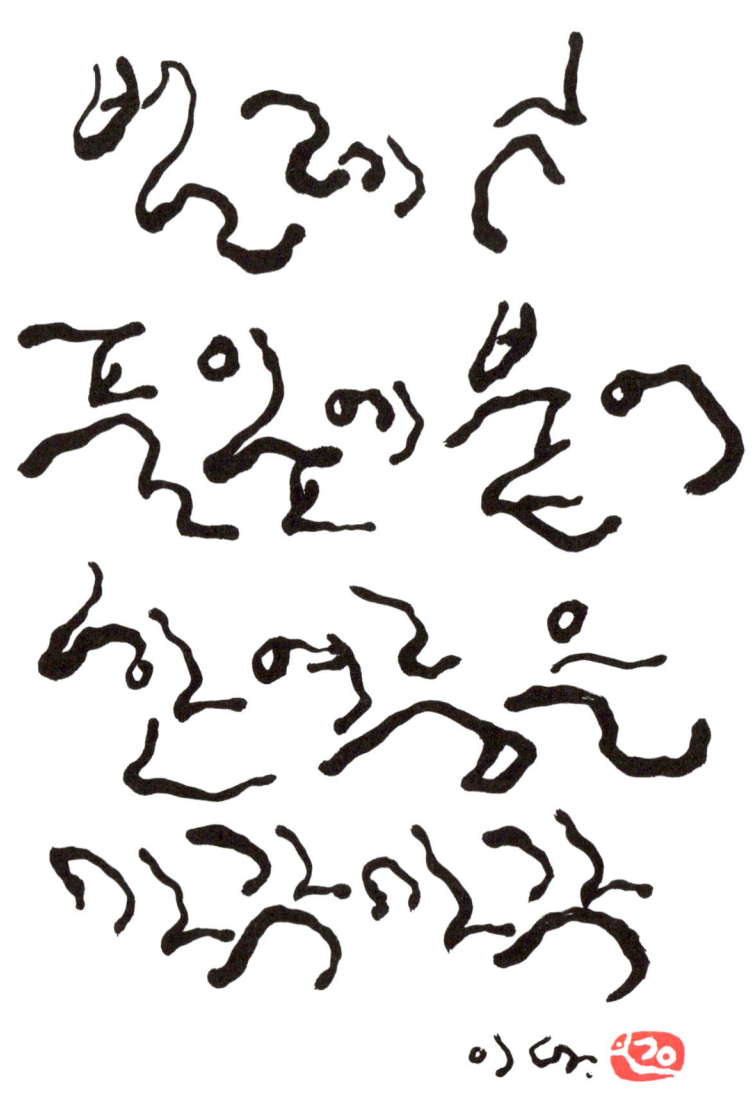

벌레야
너도 올 여름엔
더위를 너무 많이 먹었구나
체하기 전에 얼른 소화를 시켜라
트림도 하고 방귀도 뀌면서
더위를 내보내거라
그래야 가을의 푸짐한 잔칫상을
받을 수 있을 테니까

꽃씨

철이르 피우는
나는 제가 되지 못하고
꽃을 아무리 흥흥으도
나는 피어가지 못한다
나는 까닭이냐까

이 상.

코끼리는
헤엄을 잘 치는 물고기를 바라보면서도
강물에 뛰어들지 않는다

하루살이는
거북이가 오래 산다는 소문을 듣고도
거북이를 찾지 않는다

나무는
걷지 못해도 뿌리를 깎아서
다리를 만들지 않는다

사람은 사람은

왔느냐, 반갑구나
어디 한번 놀아 보자
얼음 둥둥 수박화채를
지금 아니면 언제 먹겠느냐
머리에서 등허리 엉덩이 다리랑 발끝까지
내 인생에 이처럼 땀을 흘릴 일이
얼마나 있겠느냐
시원한 바람 한입이 이리도 고마울 줄
내 어찌 알겠느냐
우리 함께 신나게 놀아 보자

와이서츠가 다리미판 위에
납작 엎드린 채
등판을 짓누르는 뜨거운 무게에
땀을 뻘뻘 흘리고 있다
뜨거움을 견뎌야
뜨거움이 식는 줄 알고 있기에
그래야
주름이 펴진다는 것을 알고 있기에

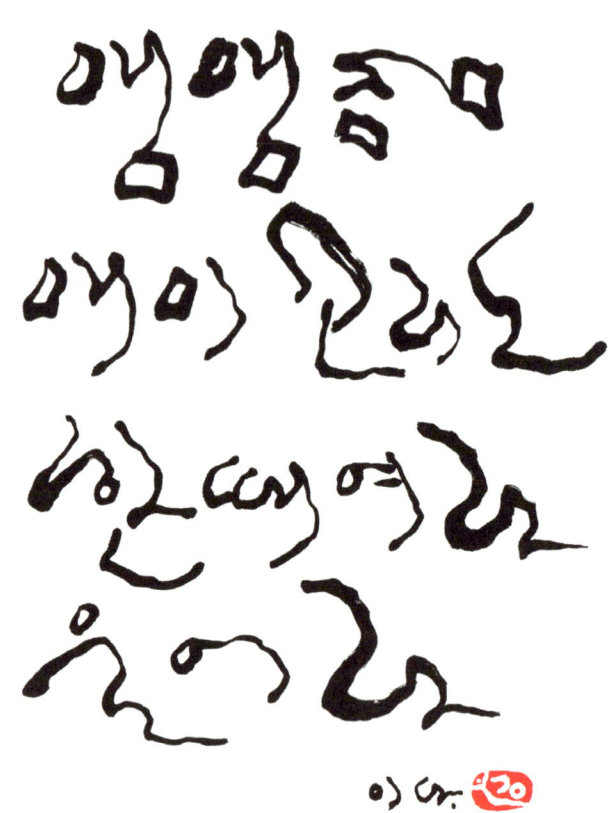

나도 너처럼 누군가에게
몹시 시끄러운 사람이겠지만
나도 너처럼 더없이
아름다운 존재일 거야
나도 너처럼 아주 짧은 삶을
살아가고 있을 거야
.
.
.
.
.
.
.
.
.

나도 너처럼
지금이 한때일 거야

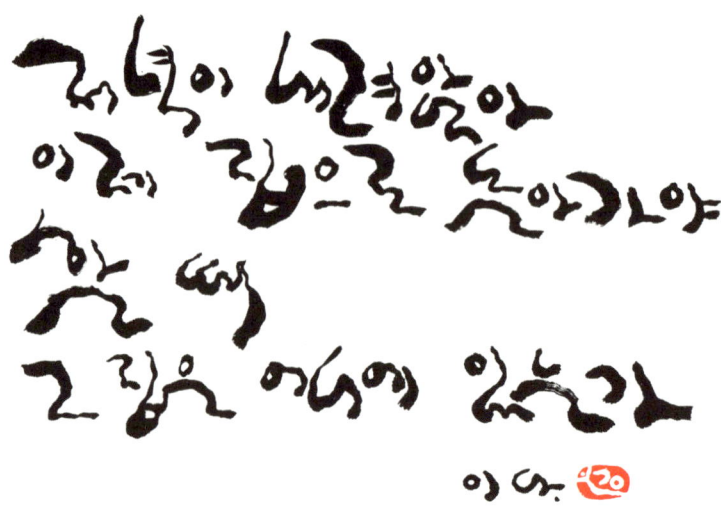

달팽이가 호박잎을 먹고 있을 때
굴뚝에서는 밥 짓는 연기가 나고
누렁이가 꼬리를 흔들며
식구들을 기다리는 곳
삶이 지쳐서 후들 후들거릴 때
벌러덩 드러누워 아무렇게나 쉴 수 있는 곳
그곳으로 가고 싶네

꽃잎이 떠내려가더니 봄이 저물고
장맛비 쏟아져 한바탕 난리가 나면
물고기들이 하악하악 여름을 뱉어내겠지
구름이 지나듯 두둥실 낙엽이 떠가고
하얀 눈송이가 차디찬 물속에 가라앉아
기다리겠지, 봄을

우주

물과 불이 다르다면 다르고
같다면 같은 것처럼
오늘이 어제와 같으면서 다른 것처럼
삶이 죽음을 떠날 수 없고
죽음이 삶을 떠날 수 없는 것처럼
·
·
·
·
·
·
·

너도 나도 꽃도 돌멩이도

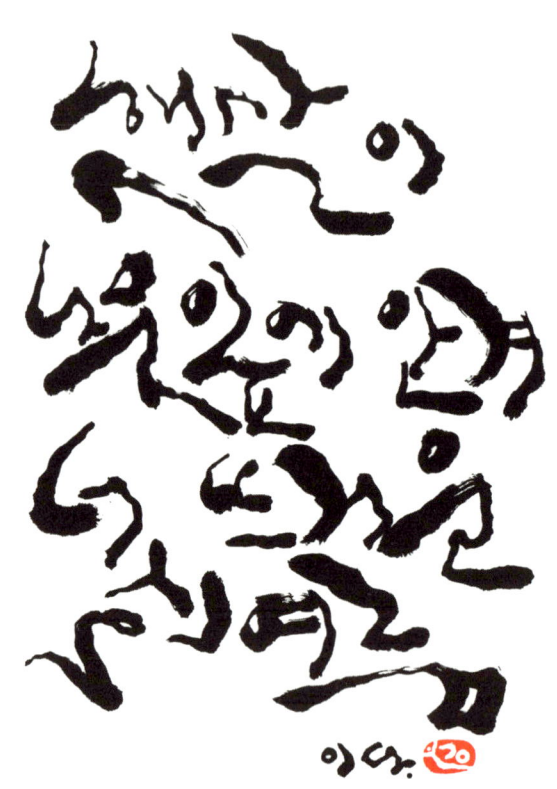

너무 뜨겁게 오래 머물렀다
여름아

그런다고 사랑이 익어가는 것도 아닌데

나뭇잎도 이제
이별을 준비해야 한다

가라, 뒤돌아보지 말고
허벌나게 뛰어서 가라

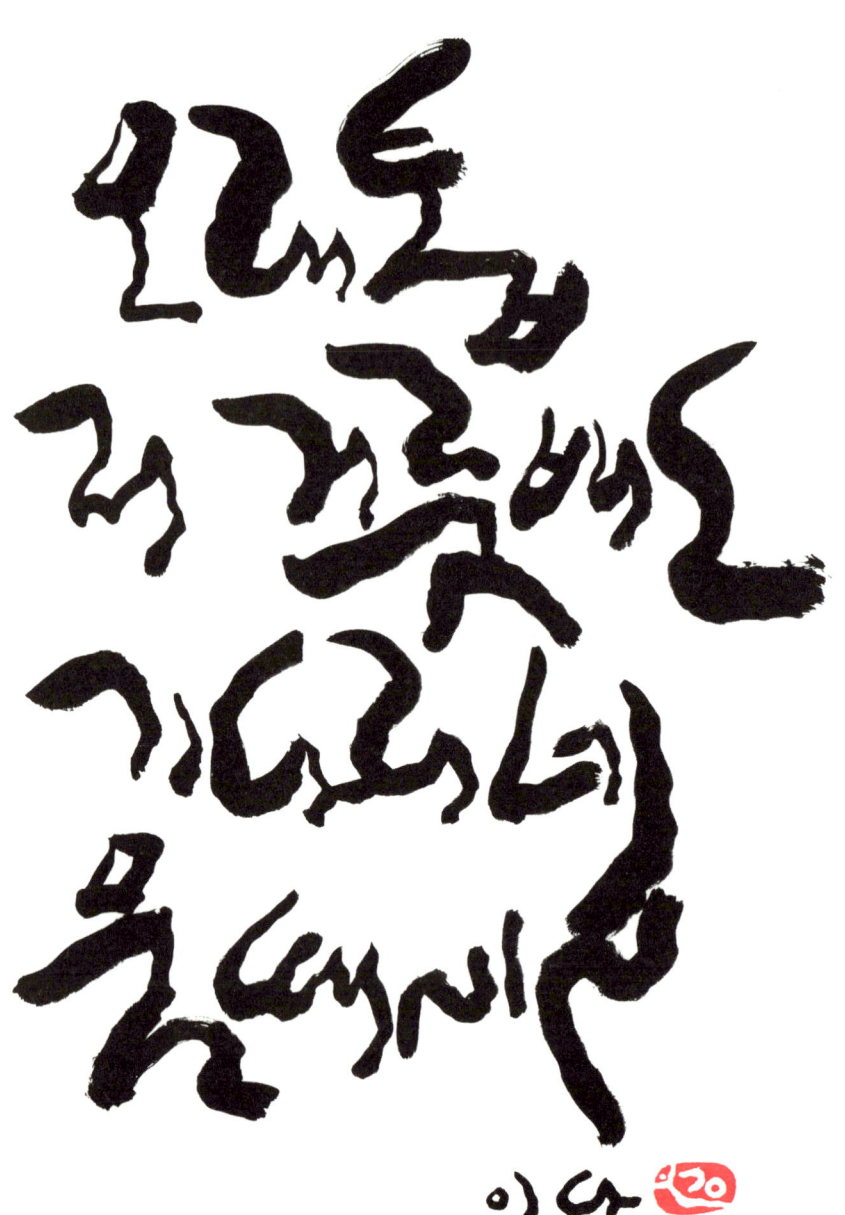

뱃길은 물 위에 있는 것이라고
물이 없으면 종이배도 띄울 수 없다고
물이 있어야 노를 저을 수 있다고
기다리는데 저 거룻배도
사랑도 없이 너에게로 달려갔구나
그것이 사랑인 줄 알고
오직 사랑만을 위해서

셋.

 그리고

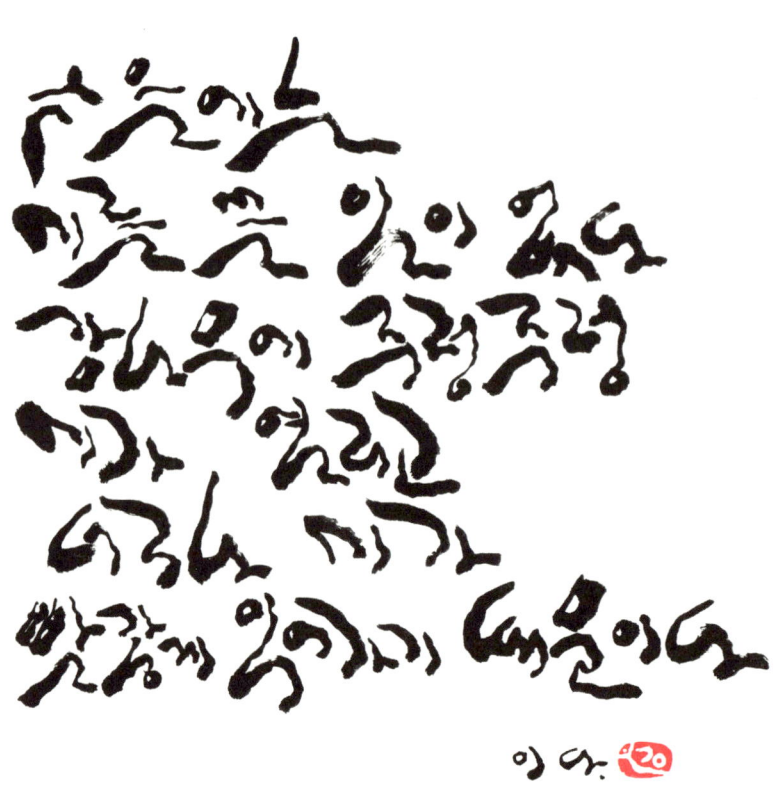

가을에는 사람들이
시를 나눠주기도 하고
시를 먹기도 한다
시가 맛있다고 야단이다

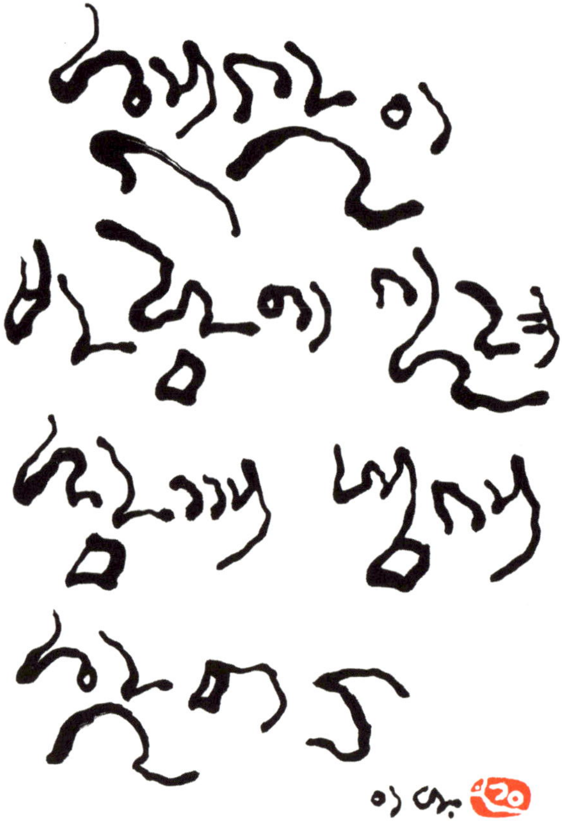

울보였어요, 할머니는
살구꽃이 피어도 울고
찔레꽃이 떨어져도 울고
토닥토닥 깻단을 막대질할 때도 울고
까치밥이 떨어지고 눈이 내려도 울고
호박잎처럼 까슬까슬한 손으로
내 볼을 어루만지면서도 울었어요

짝사랑이 익어서
발갛게 달아올랐구나
어쩌자고 사랑에 빠졌을까
어쩌자고 혼자서 가슴을 태우다
붉어졌을까
얼마나 지독히 사랑했기에
사랑을 보내고도 사랑이 남아 있을까

만남

발걸음이 가랑잎을 만나면
바스락바스락

깃발이 바람을 만나면
펄럭펄럭

숟가락이 밥그릇을 만나면
달그락달그락

사람이 사람을 만나면
바스락바스락 펄럭펄럭 달그락달그락
하하하 호호호 깔깔깔

똑_똑_똑_
깊은 산속 바위틈 물소리
한 방울 또 한 방울
저 소리를 내기 위해
얼마나 깊고 어두운 길을 헤쳐 왔을까
그래야 맑아지나 보다
수많은 만남과 수많은 이별 속에서
웃고 사랑하며
울고 슬퍼해야만
비로소 맑은 소리를 낼 수 있나 보다

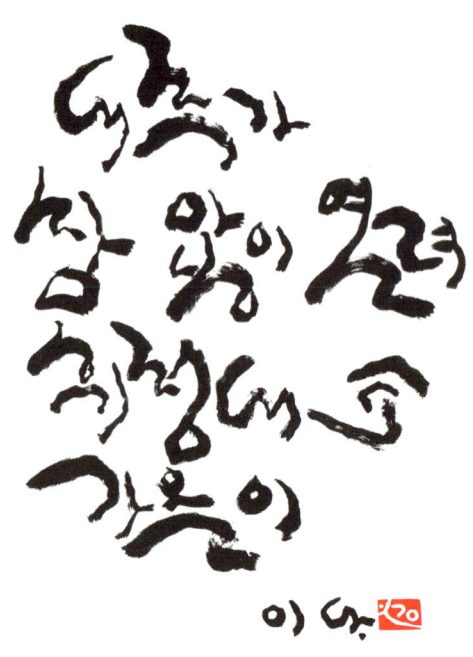

흔들거리며 휘청대며 한눈도 팔면서
그래야 대추도 익고 쑥부쟁이 꽃도 피고
단풍도 드는가 보다

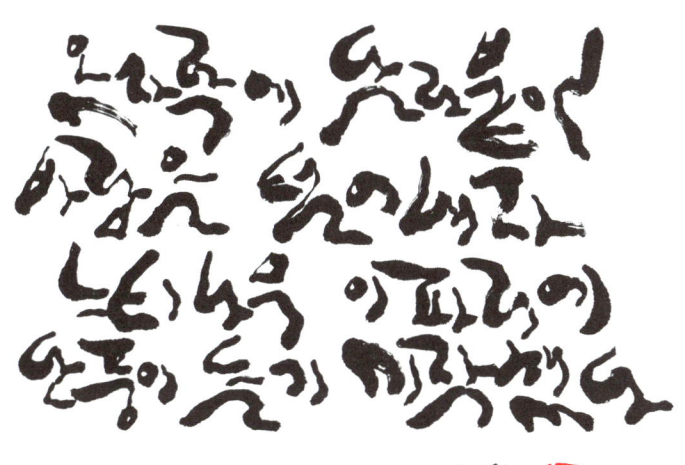

이 가을이 다 갈 때까지
나뭇잎은 울긋불긋 시를 쓰겠지
햇살 위에 그림도 그리고
지난 봄과 여름 이야기 한바탕 쏟아내며
바람과 함께 춤도 춰야 하니까
조금 소란스러울 거야, 네 마음처럼

탐이 나서 그러는 게 아니라
추워서 그러는 게 아니라
빨갛게 새빨갛게 익어서
씨앗 하나 남기려고 그러는 거야
가을바람 겨울바람 길고 길어도
봄은 또 올 테니까

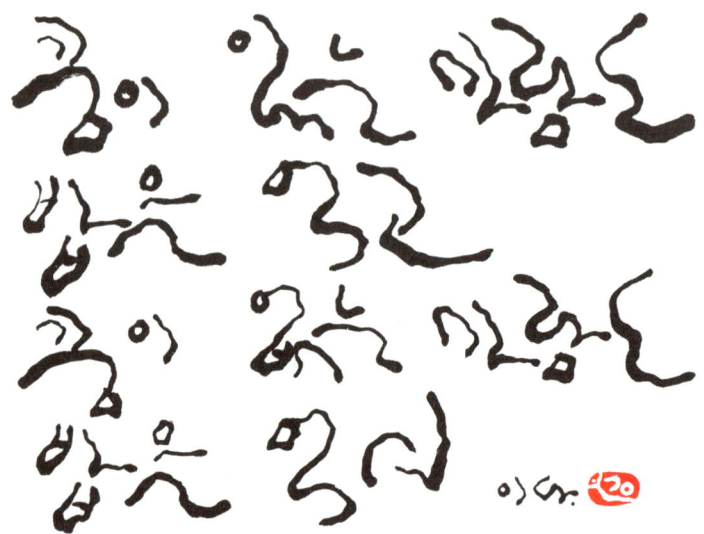

밥상이 차려지면
밥상 위에는 해가 뜬다
해는 하나일 때도 있고
둘일 때도 있고
셋일 때도 있고
넷일 때도 있다
젓가락질 소리가 커질수록
해는 점점 더 밝아지고
넷일 때 가장 밝게 빛난다

사랑은 가을보다 더 깊어서

사랑은 단풍보다 더 붉어서

사랑은 꽃잎보다 더 고와서

사랑은 바람보다 더 맑아서

사랑은 향기보다 더 진해서

사랑은 이별보다 더 아파서
·
·
·
·
·
·
떠날 수가 없나 보다, 저 나비는

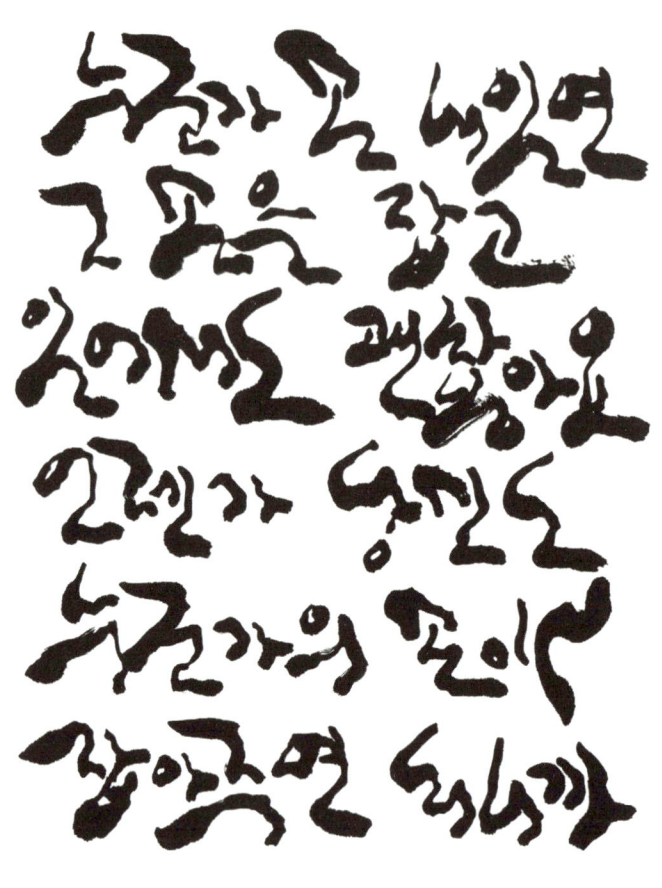

도깨비는 손을 잡은 사람들이 이뻐서
방망이를 뚝~딱 뚝~딱거리지요
방망이질이 서툴러서 가끔씩
미움이나 질투가 튀어나오기도 하지만
와르르와르르 쏟아지지요, 사랑이

94

저기요, 혹시 씨앗 하나 못 보셨나요
둥글둥글 둥그렇게 생겼는데
깨알보다 작지만 유리구슬처럼 투명해서
봄 여름 가을 겨울이 다 보이거든요
얼른 찾아서 심어야 가을이 자라날 텐데
어디로 갔을까요, 그 씨앗

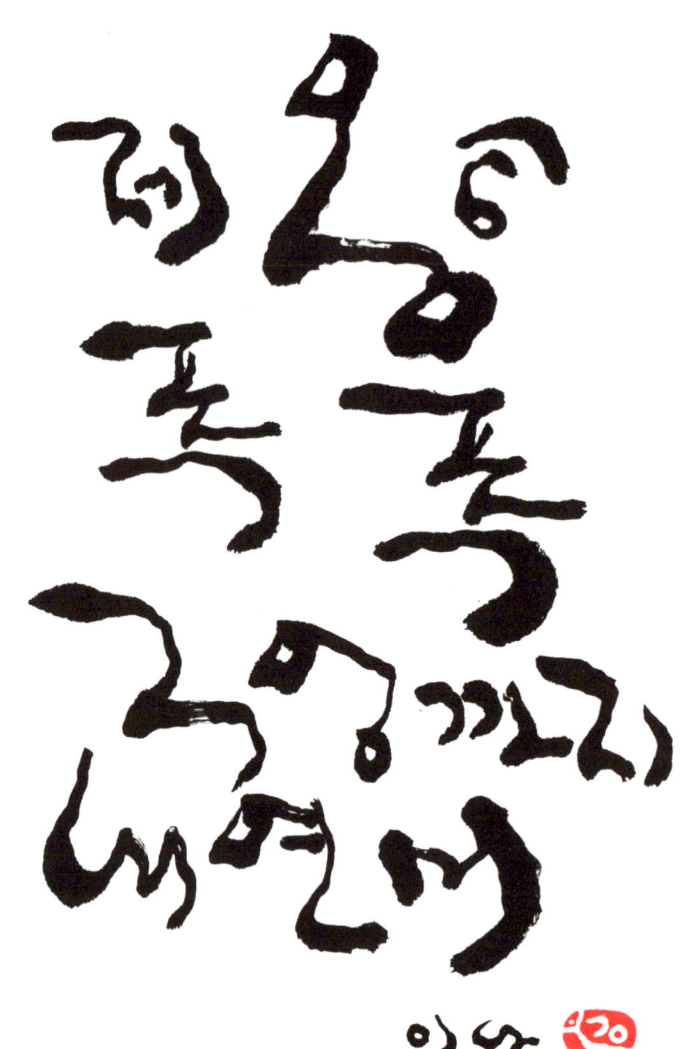

고추장

햇빛이 항아리 뚜껑 위를
포근포근 거닐면
항아리 속 고추장이
새근새근 끓어올라
넘치려다 주저앉고
제 몸에 폭폭 구멍까지 내면서
넘치려다 가라앉으며
고추장은 그렇게 익어간다
어머니가 햇빛을 들어올려
손가락으로 콕 찍을 때까지
가라앉고 주저앉으며
너글너글 익어간다

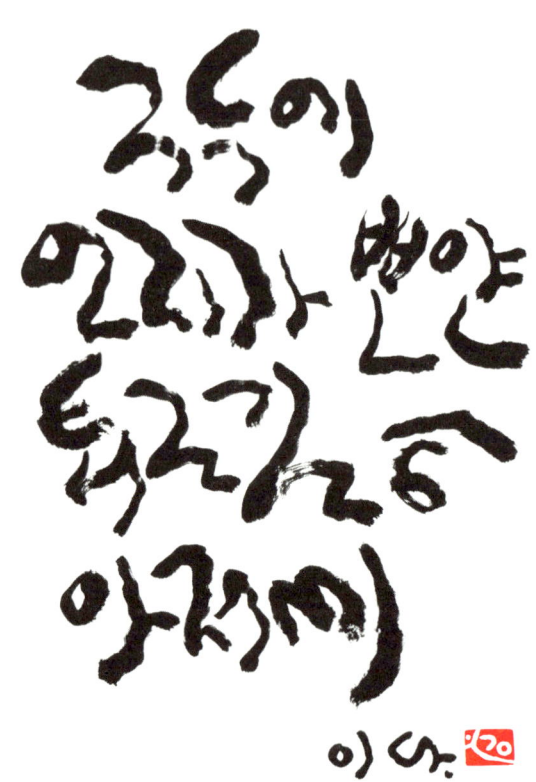

구두는 알고 있을 것이다

아저씨가 만난 사람들을

구두는 알고 있을 것이다

아저씨가 걸어가고 싶어 하는 길을

구두는 기다리고 있을 것이다

뽀얗게 쌓인 먼지가 닦이고

반짝반짝 빛이 나기를

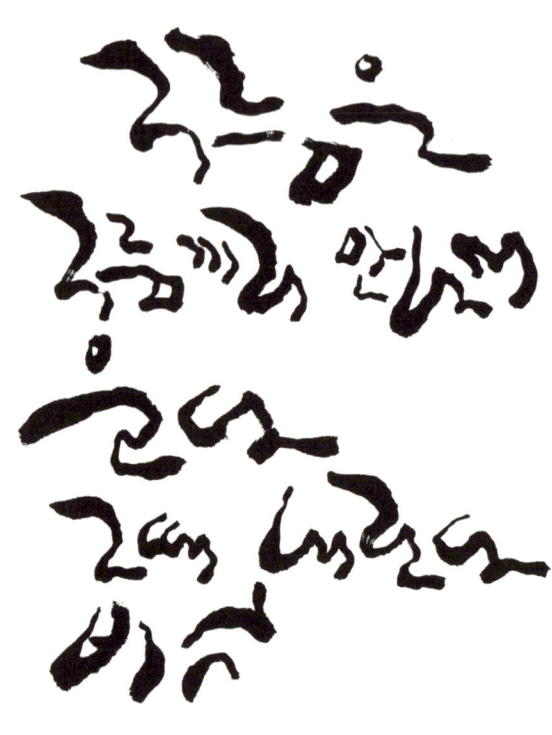

봄을 크게 한입 물어 천천히 먹었지요
그래야 봄비를 뿌릴 수 있다고 해서

찔레꽃이 피어나 하얗게 웃기에
봄을 뱉어내고 여름을 콱 물어 배부르게 먹었지요
그래야 장맛비를 쏟을 수 있다고 해서

가을도 왕창 먹고 싶지만 조금 기다려야겠어요
알밤의 꿈이 토실토실 익어 가고 있으니까요

마당 가득 내려앉은 이 햇살을
담뿍담뿍 떠다가
비좁은 쥐구멍에도 넣어주고
늙은 고양이 발톱에도 발라주고
외로운 그림자 곁에도 놓아주고
바람이 빠져서 물렁거리는
희망에도 넣어주면 좋겠네

줍는 게 아니라
하나둘씩 내려놓고 있는 거야
청춘도 사랑도 후회도 그리움도
미련 없이 내려놓고 있는 거야
가지려 했어도 가지지 못 했고
가졌어도 결국 가진 것이 아니었기에
곧 겨울바람이 불어올 테니까

숲으로 돌아간 여름이
오랜만에 쌔근쌔근 잠을 자는 날

햇살이 여기저기 가을을 흘리며
나뭇잎을 기웃거리는 날

산비탈 고추밭에
고추들이 빨갛게 익어가는 날

할아버지 할머니가 툇마루에 앉아
자꾸만 동구 밖을 바라보는 날

넷.

 그리고

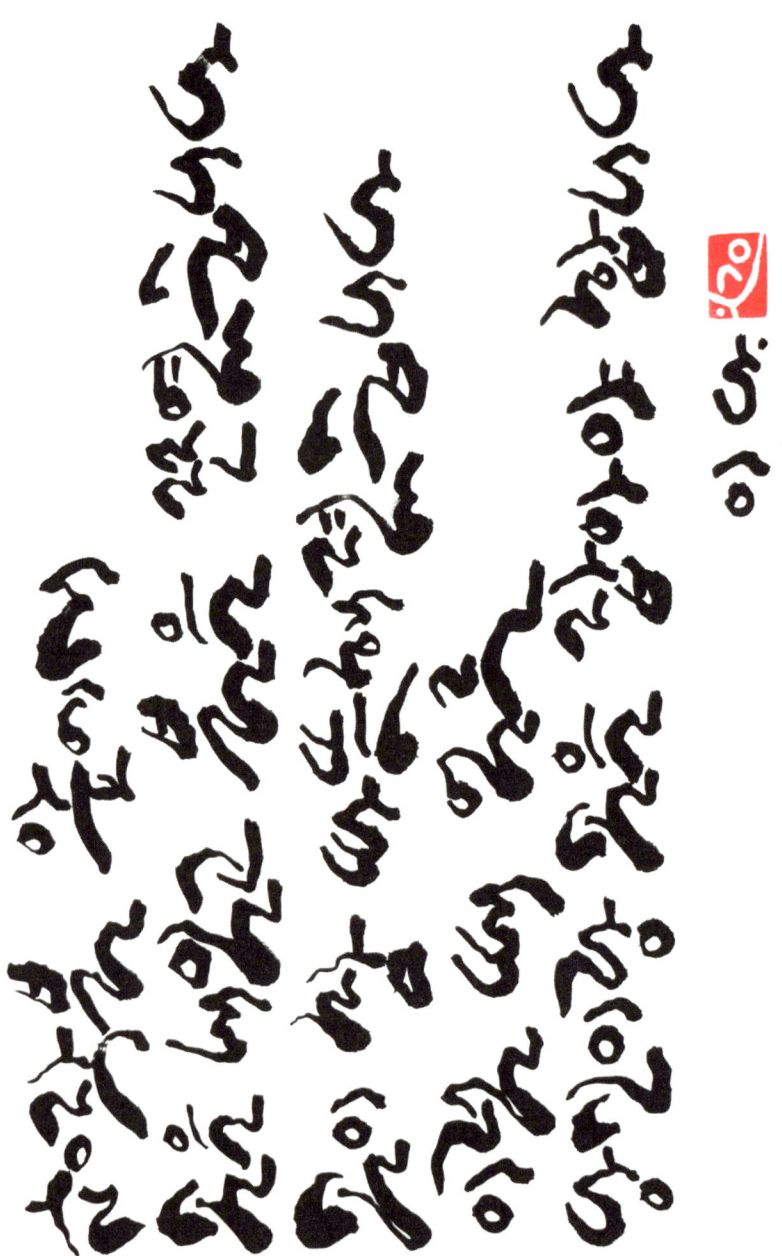

110

장작불 앞에서
손을 내밀고 불을 쪼였습니다
손이 참 따뜻해졌습니다
이럴 때 얼른
당신이랑 손을 잡아야 합니다

나의 따뜻함을 발견하는 일
그것이 사랑일 겁니다

나의 너그러움을 찾아보는 일
그것이 사랑일 겁니다

나의 희망을 밝게 빛내는 일
그것이 사랑일 겁니다

한겨울에도 한가득 봄을 안고 살아가는 일
그것이 사랑일 겁니다

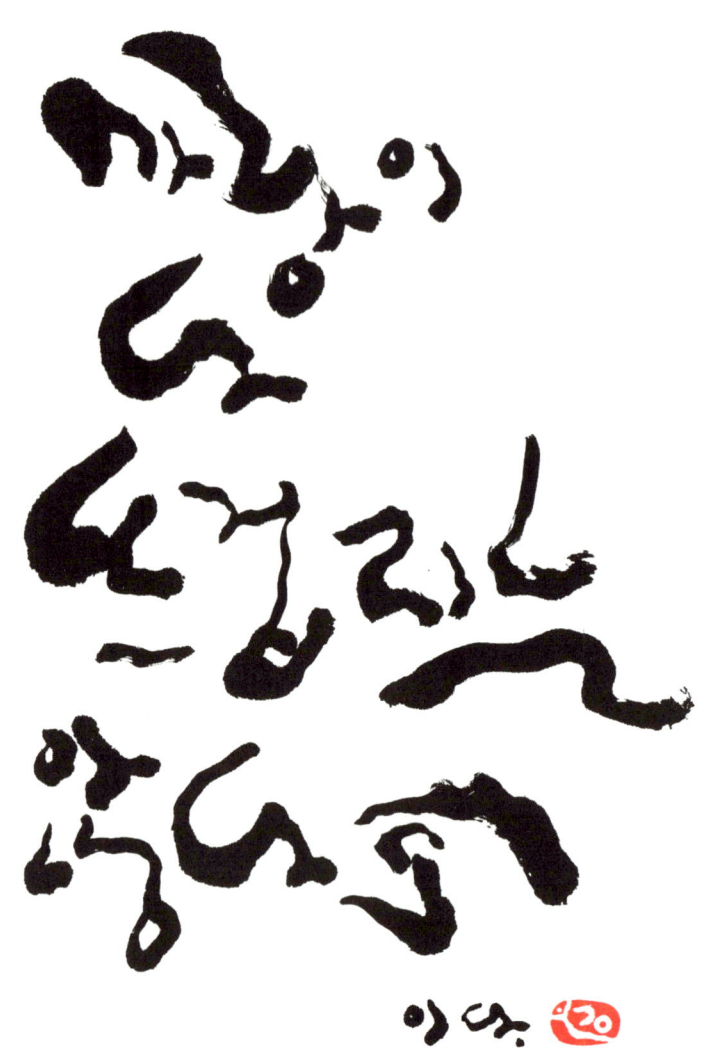

사랑한다는 말을
한 번도 하지 않았지만
울음을 그칠 때까지 기다려 주던
어머니의 품안은 사랑이었을 거예요
거칠고 투박해서
온기가 조금도 없을 것 같던
아버지의 손길도 사랑이었을 거예요

봄은
봄이 되거든 만지세요

발바닥이 간질간질 싹이 나고
눈가에 송이송이 꽃이 필 때
봄을 만져도 늦지 않아요

겨울에는 겨울만 만지세요
그래야 동백꽃이 곱게곱게 붉어지고
눈사람도 외롭지 않아요

겨울에는
시를 쓸 일이 없나
땅 위에 시가 하얗게 쌓이고
시를 길에 꾹 찍고 있으면
시가 내 손에서 녹기 때문이다

이영

시를 쓰느라
나무는 오랜 시간 그 자리에 서 있나 보다
시를 쓰느라
사람들은 하얗게 발자국을 남기나 보다

116

인연

봄을 만나기 위해 나뭇가지를
저리 흔들고 있나 보다, 바람은
그래서 봄이 오면
바람이 하고 싶었던 이야기들이
꽃으로 피어나나 보다
그래서 꽃잎 위에 앉아
이야기를 듣나 보다, 나비는
겨울나무가 흔들리고 흔들리면
봄이 온다는 이야기를

뛰어간다고 빨리 가지는 않아, 겨울이
뛰어가다 넘어지면 그 만큼 더디게 가는 거야
쉬엄쉬엄 가도 돼
눈꽃도 바라보고 추위도 만지면서
때가 되면 어차피 돌아갈 거니까, 겨울은

나무 곁에는 잡풀도 있어야 하고
햇볕도 바람도 새소리도 있어야 하지만
나무 곁에는 무엇보다 나무가 있어야 한다
사람 곁에는 밥도 있어야 하고
사랑도 행복도 있어야 하지만
사람 곁에는 무엇보다
사람이 있어야 한다

쯧쯧 저 놈도 허리가 많이 굽었네
할머니는 안쓰러운 눈빛으로
당신의 그림자를 바라보며 중얼거렸다

나뭇가지 쪼아대지 마라
까치야
가지에 구멍이 뚫려도
꽃은 피지 않을 거야
지금은 겨울이니까
눈이 쌓였다 녹고
찬바람도 앉았다 떠나고
그렇게 견디고 난 뒤에야
피울 수 있단다
한 송이 꽃을

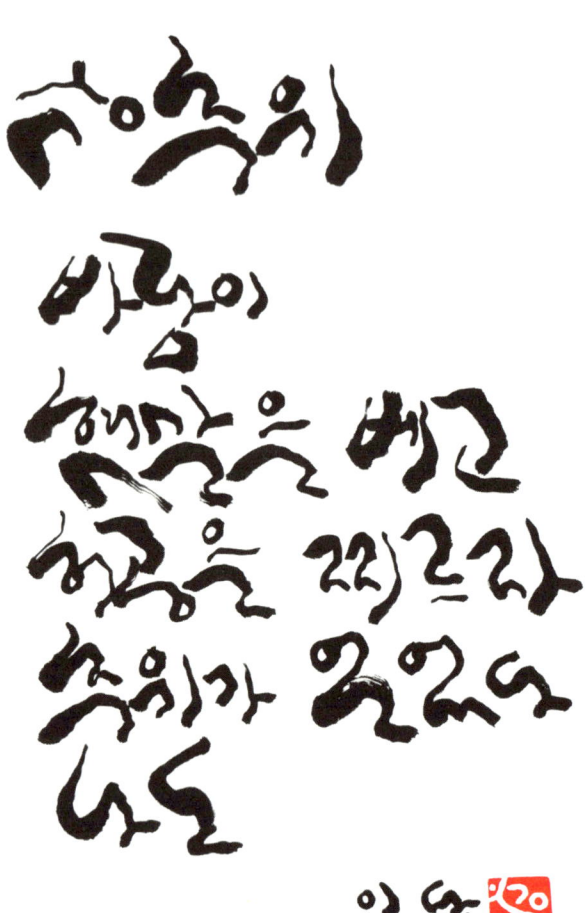

손을 호호 불면서
하루 종일 시를 썼는데
시가 꽁꽁 얼어버려
나는
시 위에서 한바탕 썰매를 탔다

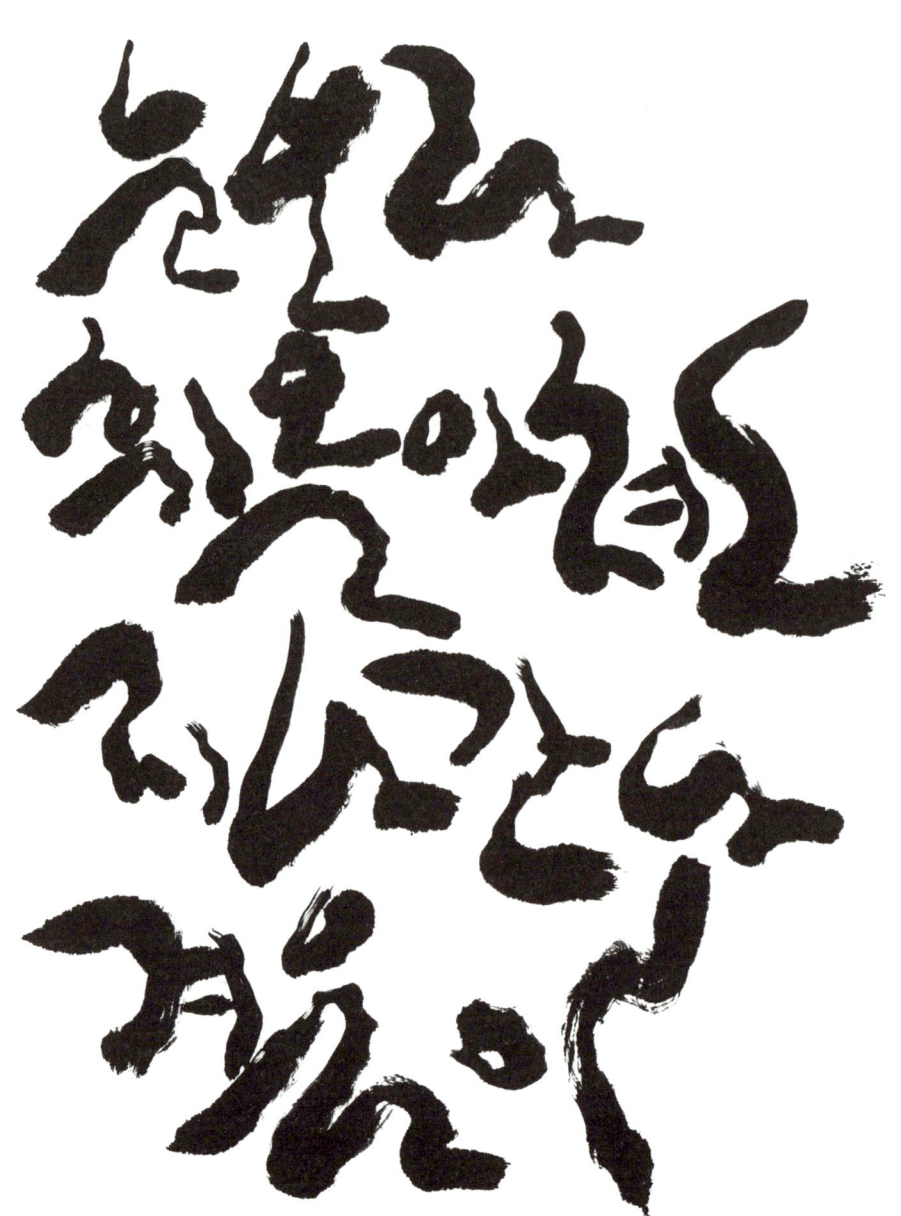

바람이 두드리지 않아도
강물은 스스로 얼음을 깨고 있구나
빨리 갈 수 있는 길을 알지 못하지만
흐르면 길이 된다는 것을 알고 있구나
겨울도 그렇게 흐르고 싶은지
이제야 강물을 따라나서고
강둑에서는 마른 풀들이 손을 흔든다

꽃이 기리

어진때야

봄날

힘없이

이영

밑바닥

나의 밑바닥이
갈라지고 있는 것을
알지 못 했다
꽃이 피고 꽃이 지고
푸른 잎이 낙엽이 되어도
한 번도 내 밑바닥을
바라보지 않았기 때문이다
추위가 몰아치고
발이 시리고 아파서야
비로소 바라보았다
갈라지고 있는 밑바닥 위에
내가 서 있는 모습을

겨울

빨리 가라고 다그치지 마세요
나무들도 잠을 더 자야 해요
그래야 푸른 잎들을 오래 매달 수 있거든요
조금만 더 쉬었다 갈게요
땅속의 냉이 향이 익을 때까지만요
눈 흘기지 마세요
어쨌든 찾아올 테니까요, 봄빛은

빈 곳이 있어야 떠날 수 있지, 겨울도
빈 곳이 있어야 찾아올 수 있지, 봄도

항아리 혹은 냉장고에서
김장김치가 익어가는 딱 그 모습일 거야
소금기를 머금은 배춧잎들이 얼굴을 맞댄 채
고춧가루 무생채 새우젓 마늘 생강 쪽파 갓
찹쌀죽을 포근포근히 끌어안고
겨울을 견디는 그 모습일 거야
정이 든다는 것은

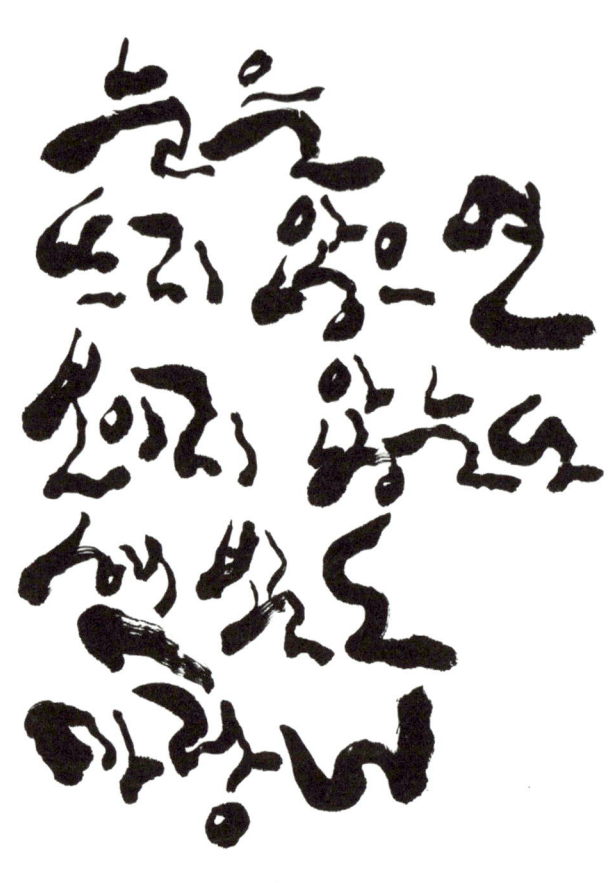

눈을 크게 뜨고 바라보고 있어요
겨울이 길모퉁이로 돌아가면
보송보송 봄빛이 걸어오는지
그 봄빛이 수줍은 듯 사랑을 내밀면
살짜기 손 내밀어 잡아 보려고

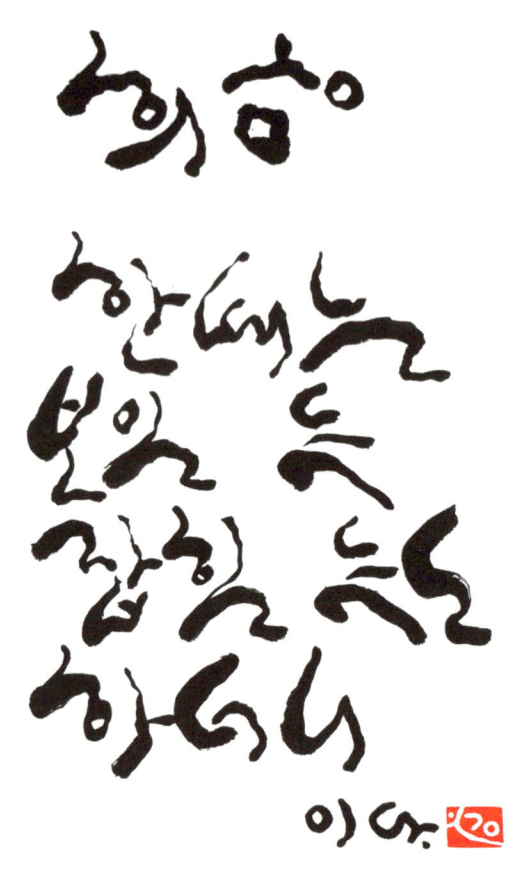

혹시 모르지
어느 날 아침에 문득 그 녀석이 돌아와
밥상머리에 앉아서 태연히 젓가락질을 할지
모락모락 김이 나는 쌀밥에
소고기 장조림을 얹어 입에 넣고
오물오물 씹으며 방긋 웃어 보일지